KOFFIE

korte verhalen en gedichten
van cursisten van de Lindenberg

ZIVA UITGEVERIJ

ISBN 9789083131795

Vormgeving: Ron Leunissen
Illustratie omslag: Liza Bors

ZIVA UITGEVERIJ, Nijmegen
www.zivauitgeverij.com

KOFFIE

korte verhalen en gedichten
van cursisten van de Lindenberg

INHOUD

Liza Bors

KOFFIE

Lisanne van Leeuwen   *introductiecursus schrijven*

Hij kijkt naar haar en dan naar de koffiepot die tussen hen in staat. 'Zal ik inschenken?' zegt hij.

Ze schuift haar kopje iets te resoluut naar voren waarbij haar kopje tegen het andere kopje tikt.

'Oh,' ze lacht. 'Maar goed dat die nog niet vol zit'.

Ze vouwt vlug haar handen tussen haar benen. De jongen kijkt haar schaapachtig aan. Hij pakt de koffiepot en schenkt de kopjes te vol. Hij bijt even op zijn onderlip en probeert heel voorzichtig het kopje weer naar het meisje te schuiven. Hij kijkt op, 'ziezo!' zegt hij triomfantelijk en lacht breeduit.

Ify Hodzelmans

DE STEM

Carel Kwant   *verhalen schrijven B*

Ik had haar al een paar maal gezien en vooral gehoord toen ik achter haar stond bij de slager. Het was een niet onknappe oudere vrouw met een stem die me direct bekoorde. Een stem zó melodieus, dat het woord 'bieflapje' tijdens haar bestelling leek te dansen. Zelfs de toevoeging 'Een half pond verse worst, daar is mijn man dol op!', klonk als een ingetogen aria.

Haar stem bleef nog dagenlang nazingen in mijn hoofd, terwijl haar figuur en gezicht leken te vervagen. Ik wilde haar stem vaker horen. Zou ik het haar zeggen, dat als ik haar stem weer hoorde in het winkelcentrum, ik opgetogen was over haar stemgeluid? Een lang niet zo mooi stemmetje in mij zei: "Dat kun je niet maken!" Even later sprak een ander – verleidelijker – stemmetje: "Gewoon doen, geef stem aan je gevoelens van bewondering!" Maar hoe zal ik het haar zeggen, dat ze zo'n mooie stem heeft,…..of laat ik het maar afhangen van de situatie? Het bleef me bezig houden.

Enkele weken later hoorde ik haar stem weer, ze was in gesprek met een echtpaar. Nonchalant liep ik naar een lege etalage vlak bij hen en spitste mijn oren. Wéér die stem, ik kreeg er niet genoeg van, zelfs op afstand!Toen ze afscheid had genomen met een welluidend "Tot ziens, dan!", trok ik de stoute schoenen aan en sprak haar verlegen aan.. "Pardon, mevrouw, ik heb u een paar maal gehoord en ik moet zeggen dat uw melodieuze stem indruk op mij gemaakt heeft, weet u wel dat u een prachtige stem heeft?"

Ze keek me lichtelijk verbaasd aan, zette haar boodschappentas neer en zei: "Maar meneer, wat een prachtig compliment, al bent u niet de eerste die me daarover aanspreekt, zelfs mijn man en kinderen hebben er nooit iets van gezegd, één vrouw was u voor. Zij beweerde dat

ik de ideale stem had voor 'Het Gesproken Boek' voor
mensen met een beperkt gezichtsvermogen. Ik liet me toen
overhalen en na een uittekende stemtest in hun studio heb
ik met plezier maandenlang alle verhalen van Annie M.G.
Schmidt op cd's gezet: alle Jip en Jannekes, Abeltje, Ibeltje,
Puk van de petteflat, Dikkertje Dap en nog veel meer! Ik
weet nu, dat u niet slechtziende bent, maar als u zó van
mijn stem geniet, abonneer u dan op Het Gesproken Boek, u
vindt daar alles van Annie!"

Ze nam haar tas weer op en met een klinkend: ''Nogmaals
dank voor uw compliment en ik wens u veel luistergenot!"
ging ze verder.

Al wekenlang ontvang ik als scherpziende pakjes
met Annie's oeuvre. Ik, die doorgaans filosofische en
non-fictieliteratuur lees, wacht ongeduldig op mijn
kleindochtertje dat dagelijks na schooltijd een uurtje op
bezoek komt. Samen met haar geniet opa van de cd's: zij
van de sprookjes en ik van het bedwelmende stemgeluid.

VERHAAL UIT EEN ZIN

Milou Faddegon, Marius Wolsink,   *creative writing*
Lex Pruijn en Hedwig Sinnema

"Foto's van nu zijn een herinnering om nooit te vergeten," zei Clara lachend, terwijl ze de familiefoto's in het vuur gooide. Toon hield zijn lippen strak op elkaar en durfde geen woord te zeggen. In zijn ooghoek merkte hij hoe de deur op een kiertje stond en hoe er een lichtblauwe straal licht naar buiten kwam. Dit had Toon niet verwacht, maar hij kon niet zeggen dat hij verbaasd was.

Het was immers uren geleden dat ze de kerkklok 3 uur hadden horen slaan. De gesprekken, flessen gin, en ruzies die volgden hadden het tijdsbesef verdoezeld.
Toon liep het hutje uit voor een dosis ochtendzon. Clara bleef bij het vuur, starend naar de smeulende resten alsof ze verwachtte dat er iets zou veranderen.

Eenmaal in de zon merkte Toon pas hoe moe hij was. En hoe helder het hem ineens was dat dit precies was wat ze moesten doen. Hij liep door de achtertuin de woonkamer in en begon alles te pakken wat hem ook maar enigszins aan hun moeder deed denken. De familiefoto's lagen al in de as, maar er waren ook nog haar boeken, kleine schilderijen van de rommelmarkt, geschreven boodschappenlijstjes, een brillenkoker, de krant van die ochtend ervoor waarin ze was begonnen met de sudoku, kandelaars, onderzetters, alles wat weerstand opriep nam hij mee. En straks, als hun moeder thuis kwam van haar nachtdienst, zou het voor haar in één oogopslag duidelijk zijn dat ze hier niet meer woonde, dat het eruit zag alsof ze er nooit had gewoond.

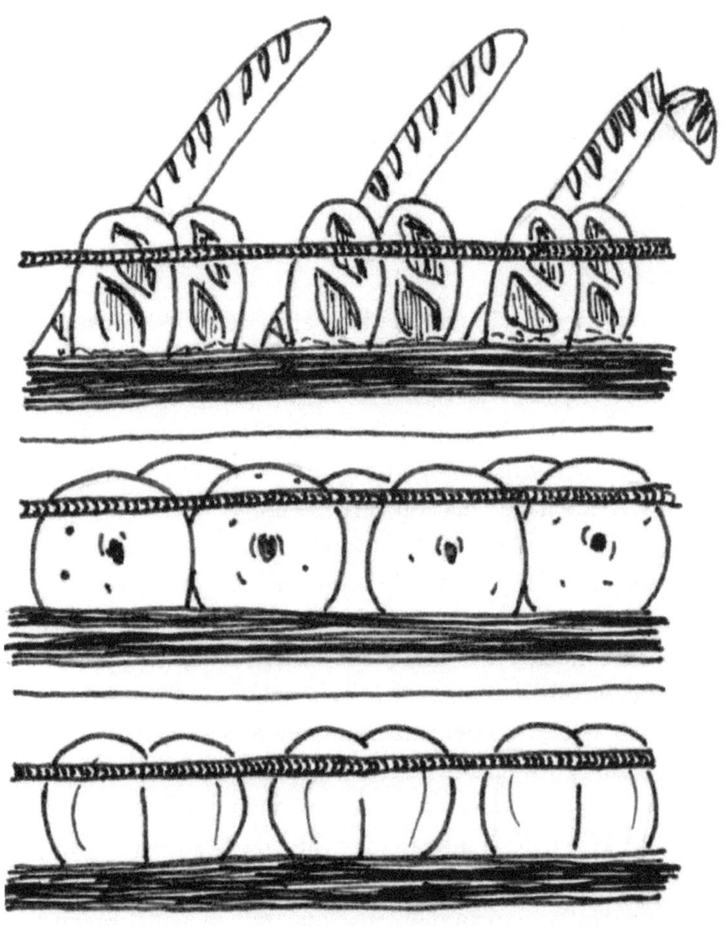

Melinda Tomberg

BIJ DE BAKKER

Jarl Eschauzier   *verhalen schrijven B*

Goedemorgen. Wat het mag zijn? Een goede vraag. Even kijken hoor.

Nou, op dat commentaar, dat het een goede vraag is bedoel ik, zit je natuurlijk helemaal niet te wachten. En ook niet op deze uitleg. Ik wil daarmee niet de suggestie wekken dat ik weet waar jij wel en niet op zit te wachten.

Als ik dat zo zeg klinkt daar iets seksueels in door, iets grensoverschrijdends. Met het risico dat jij hier helemaal niet aan dacht en ik nu slapende honden wakker maak, zeg ik dit toch, daar het onbenoemd laten naar mijn idee nog ongepaster is, iets suggestiefs dat in de lucht blijft hangen. Mooi dat dat soort dingen op de agenda staan tegenwoordig, dat we afscheid nemen van de tijd waarin mannen met veel dingen wegkwamen, zo wil ik niet zijn. Of is dat te sociaal wenselijk? Misschien wel, ik voel ook dat ik soms verkramp in deze discussie, bij mezelf het verlangen opmerk het heel goed te doen. Er wordt gezegd dat mannen onder druk staan, aan de ene kant herken ik dat, aan de andere kant snap ik de weerstand, weer die slachtofferpositie. Maakt wel dat ik me tegenover een vrouw zoals jij niet altijd goed een houding weet te geven. Hoef je niet persoonlijk op te vatten.

Terwijl ik dit allemaal zeg, vraag ik me af waarom ik het zeg. Het heeft te maken met eerlijk en volledig willen zijn, waarschijnlijk omdat ik denk dat dat belangrijke elementen van een goede sociale interactie zijn. Tegelijkertijd zie ik aan je gezicht dat dit ongemakkelijk is. Meen ik te zien dat dit ongemakkelijk is, bedoel ik. Sorry, al dat gepraat over mezelf. Ja, ik verontschuldig mezelf ook veel. Men zegt dat taal veel kapot kan maken, daar herken ik me wel in.

Twee zonnebloembroden graag, gesneden, dikke sneden alstublieft.

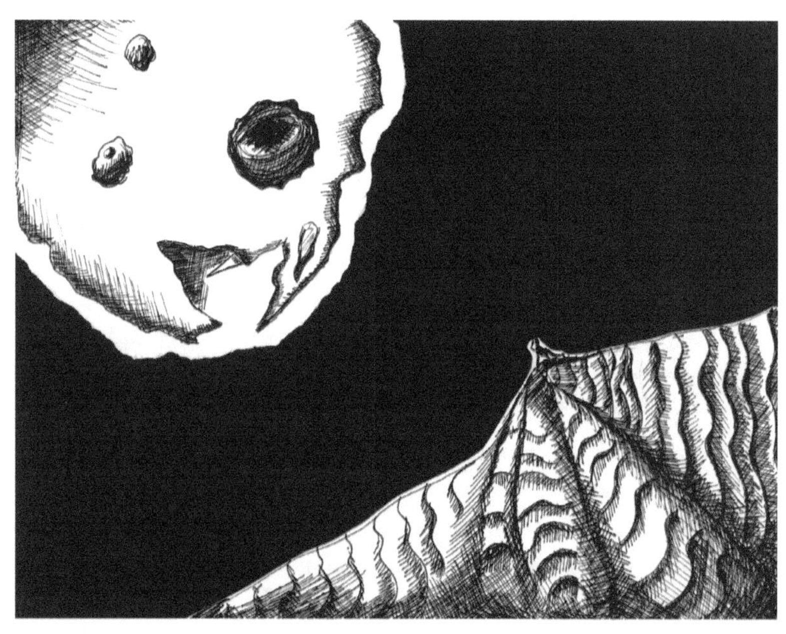

Anne Seys

ZWART GAT

Milan Geerts   *verhalen schrijven B*

Het begon met een gefluister.

Eerst dacht ik dat het de wind was, en dat mijn vermoeidheid me dingen liet horen en deed denken zonder enige houvast aan de realiteit. Er was namelijk geen wind. In plaats daarvan werd het terrein bedekt door een geruisloze deken van mist.

Het gelispel nam toe in volume, maar het was in een taal die ik niet begreep.

Ik kwam tot stilstand en ik had een naargeestig moment om de omgeving in me op te nemen. Het was een duistere nacht zonder sterren, de zwarte afgrond boven mij alleen verlicht door de volle maan. Toen ik naar de lucht keek, kreeg ik het gevoel dat er iets niet juist aan was. Het contrast van de scherpe gloed van het hemellichaam tegen de doffe duisternis gaf me een ongekend ongemak.

Onzeker hervatte ik mijn tocht naar huis. De vreemde woorden klonken steeds dichterbij. Ongeduldig, dwingend. Ik verbeeldde me dat iemand me achterna zat en mij probeerde te vergiftigen met deze woorden.

Telkens als ik me omdraaide, werd ik getreiterd door de eenzame leegte van de nacht.

Ik begon sneller te lopen, nog net geen rennen. Een weerkaatsing van geluid. Het klonk alsof mijn denkbeeldige vijand meer dan een fantoom was. Iets tastbaars en iets gruwelijks waar ik niet over na durfde denken. Ik verlangde naar mijn huis, naar de illusie van veiligheid. Misschien was het mogelijk om uit de greep van dit gevaar te ontsnappen.

Ik verbeeldde me dat mijn hersenschim schaduwen kon toveren die zich aan mij vast grepen. Ik werd belaagd door handen zonder namen.

Te laat zag ik dat mijn weg discreet verlicht werd. Opnieuw

keek ik naar de hemel en ik zag iets wat ik niet kan
verklaren.

De maan was gegroeid. Nee, het hemellichaam kwam
langzaam, maar veel te snel dichterbij. Dichter bij mij. Het
gruwelijke besef dat ik geen opties meer had overviel me. Ik
kon niet meer rennen. Het was te laat om me te verstoppen.
Ik werd gedwongen te accepteren dat een monumentaal iets
zijn ogen op mij had gericht en dat mijn lot door dit iets zou
worden beslist. In het midden van deze verraderlijke maan
zag ik een pikzwarte cirkel, dieper zwart dan de hemel
zelf, langzaam rijpend, zinkend in een angstaanjagend
niets. Ik zag de pupil van de kosmos. Het oog van een
Oude God wiens naam door de geschiedenis is opgeslokt,
verwaarloosd door generaties ver voor mijn tijd. Ik staarde
in de afgrond en de afgrond keek terug.

JALOEZIE

Pascale van Lubeek-de Nier   *poëzie voor beginners*

Jaloezie is een beest
het gromt en grauwt en klauwt en snauwt
jaloezie is een beest, is een benauwend bedreigend
bedrieglijk beest
is onverklaarbaar
is onverdraagbaar
is onverslaanbaar
het verstoort, het vertrapt, het verziekt, het vernielt
is een beest in het nauw in een klem in een strik
jaloezie is een beest
het verwondt en verwoest en verblindt en verslindt
jaloezie is een beest, is een bijtend brullend bloedend beest
om te temmen
om te tomen
om te trimmen
jaloezie is willen
wat anderen hebben

Anouk Hofland

DE BIEB

Michel Bergman   *verhalen schrijven B*

Susan was altijd nieuwsgierig geweest naar de geheime collectie. Vanmorgen had ze voor het eerst reden gehad om het protocol voor bibliothecaressen erop na te slaan: de directrice had haar gevraagd om geclassificeerd dossier 22. Nu stond ze in de kelder van de universiteitsbibliotheek. Ze herinnerde zich precies wat het protocol voorschreef over het openen van de deur naar de geheime collectie, maar eerst moest ze die deur vinden.

De kelder had het formaat van een voetbalveld en de sfeer van een begrafenis. De betonnen doos was ingericht met versleten vloerbedekking, zoemende tl-lampen en eindeloze rijen kasten. Het was er doods. Er waren geen andere medewerkers of bezoekers. Dode vliegen op de boekenplanken vormden het enige bewijs voor recent leven hier.

Omdat de zaal zo onnatuurlijk groot was, vond ze na tien minuten pas de deur. Die was gecamoufleerd met dezelfde grauwbeige verf als alle muren. Met onvaste hand stak ze de sleutel in het slot. Geheel volgens protocol - en geheel overbodig - controleerde ze of er niemand binnen tien meter afstand van haar stond. Ze stapte naar binnen, knipte de verlichting aan en draaide meteen de deur weer op slot.

Het lokaal was de spanning niet waard. Net zo deprimerend als de rest van de kelder, maar dan volkomen chaotisch. Geen kast was hetzelfde en alles was volgestouwd met archiefdozen, multomappen en stapels papieren.

Maar toch, je kon er bijna het gefluister van geruchten horen. Marian roddelde ook vaak over de collectie. Volgens haar lagen hier bewijsstukken in de zaak tegen een professor die niet zo'n frisse dingen met studentes had gedaan. Dat zou voor veel geld zijn afgekocht.

Dossiernummer 22 bleek een kistje te zijn. Het stond in
een kast zo stoffig dat ze een zakdoekje voor haar mond
moest houden toen ze het pakte. Ze opende het en fronste
haar wenkbrauwen. Volgens de directrice zou het gaan
om een notitieboekje, maar dit zat tjokvol documenten.
Terwijl ze het boekje uit de stapel viste, viel haar oog op een
document, waar op de eerste pagina een lijst met namen van
collega's stond. Haar vingers trilden.

Ze kon niet hier blijven lezen, dat zou opvallen. Zou ze het
kistje meenemen naar haar bureau? Ze keek om zich heen,
zoals studenten om zich heen kijken wanneer ze voor het
eerst iets proberen op te zoeken in de bieb. Formeel voorzag
het protocol hier niet in– formeel was het dus niet verboden.
En de directrice wilde alleen het notitieboekje. Dan kon zij
ondertussen de rest… ordenen.

Ze sloot het kistje en liep haastig het geheime lokaal uit,
waarbij ze bijna tegen iemand opbotste…

HET KLEDINGSTUK DAT IK NOOIT WEG ZAL GOOIEN

Diane de Mol *autobiografisch schrijven*

Stoerder dan ik me voelde liep ik over straat. In je eentje naar een concert gaan is toch altijd een beetje spannend. Zeker in een vreemde stad.

Het shirtje dat ik droeg was zo vaak gewassen dat je er letterlijk doorheen kon kijken. De opdruk was vervaagd en er zaten ook een paar gaatjes in. Fijn, want het was 33 graden.

Aan de rand van het park waar straks mijn jeugdhelden zouden optreden zaten twee jongens bier te drinken en sfeer te maken met de voorbijgangers.

'Golden Circle!! Of niet?', riep er één naar mij. 'Biertje?'

Ik bleef staan en keek naar zijn verwassen shirt. Op zijn borst prijkte een paars kruis met gouden versieringen. Aan het kruis hingen 5 schedels met lang haar, bandana's, hoeden en zonnebrillen. Twee schedels rookten een sigaret. Het was de voorkant van het allereerste album, precies hetzelfde als het logo op mijn borst.

Ik grijnsde naar mijn soortgenoot, pakte het biertje aan en zei: 'Mooi shirt!'

Andrea Olfen

OMA IS ECHT NIET GEK

Evelyn Nieuwenhuis   *kinderboeken schrijven*

'Oma is echt niet gek. Ze heeft juist slimme plannetjes,' zei Karel.
 'Niemand bewaart krulspelden in de koelkast,' antwoordde mama.
 'Oma wel, ze ziet ze dan direct 's morgens liggen als ze de boter terugzet.'
 Maar oma had de laatste tijd geen krullen meer, haar haar hing steil om haar rimpelige, appelwangetjesgezicht.
 'Oma is knetter vergeetachtig,' smiespelde zijn zus Vera. HET MORMEL.
 'In de kelder heeft ze 26 potten bietjes staan.'
 'Handig toch,' zei Karel, 'als er iemand mee wil eten.'

 Karel hoorde mama met papa bellen.
 'Heeft ze die vandaag allemaal opgegeten? Het waren 5 maaltijden voor 5 dagen. Dit kan zo niet langer.'

 'Oma moet naar het verpleeghuis,' zei mama 's avonds aan tafel.
 'Nee,' riep Karel verschrikt. SLIK.
 'Verstandig,' zei Vera.
 Karel schopte haar onder tafel.

 Daar zat oma in haar nieuwe tehuis naar buiten te staren. Iedere dag dat Karel op bezoek kwam, greep ze hem vast:
 'Kan ik niet met jou mee?' ZO ZIELIG

 'We moeten iets doen,' zei Karel tegen zijn vriend Hans. Hans wist altijd oplossingen.
 'We gaan haar helpen ontsnappen!'

Donderdag was de grote dag. Karel liep zenuwachtig door
de gang naar oma's kamer.

'Ga je mee oma, we gaan op avontuur.'

Bij het woord avontuur begonnen oma's ogen te
stralen. Karel stopte vlug onderbroeken, jurken en haar
tandenborstel in zijn sporttas. Toen kroop hij door het
klapraam. Oma kwam achter hem aan. Hans stond klaar
met zijn bakfiets.

'Auw,' jammerde oma ineens, 'mijn voet.'

Haar ene voet was blijven steken achter de vensterbank.
Karel probeerde aan oma te trekken, maar dat hielp niets.

'Wat zijn we aan het doen', klonk het plotseling.

Bij de deur stond een zuster. Karel voelde zijn hart stoppen
met kloppen.

'We wilden gaan wandelen.'

SUKKEL. Wat was dat nou voor onzinnige opmerking. De
zuster hielp oma van de vensterbank.

'Dan zou ik door de voordeur gaan', zei ze vrolijk.

'Ja, dat kan ook natuurlijk', stotterde Karel.

'Neem anders eerst in de woonkamer een lekker stuk
appeltaart, zei de zuster. Ze streek over oma's haar.

'Die had ons door.'

Karel zag dat Hans op een nieuw plan aan het broeden
was.

'Waar zou je oma nou echt blij van worden,' vroeg hij
Hans.

'Van verhalen vertellen!'

Karel en Hans mochten oma mee naar school nemen.
De zuster bleek een leuke, lieve zuster. Ze vond het een
fantastisch idee. YES.

Oma zat voorin de bakfiets. Muts op, sjaal om. Haar
appelwangetjes glansden.
'Waar gaan we heen?'
'Naar onze school,' riep Karel voor de vijfde keer.
Oma was voor de klas niet meer te stoppen. Ze vertelde aan
een stuk door.

Karel voelde zich warm worden vanbinnen. Hij moest een
beetje slikken. Zo voelde misschien wel gelukkig zijn.

Eveline Beyerinck

DE EINDBAAS

Rachel Curfs   *introductiecursus schrijven*

Ik zit vol ongeduld te wachten op de bank in mijn
woonkamer.

Nauwelijks hoorbaar ontsnapt er een zucht uit mijn mond.

Waar blijft mijn chauffeur nu toch…

Ja ik heb een auto met chauffeur. Als je CEO bent rijdt je
niet zelf maar laat je jezelf rondrijden. Heel erg fijn, maar niet
als je moet wachten. Daar ben ik niet zo goed in namelijk,
wachten.

Ik krijg weleens te horen dat ik dan een beetje brommerig en
snauwerig word. Maar ik moet op mijn imago letten.

Want als je de eindbaas bent wordt je toch al snel voor
arrogant en verwaand aangezien.

Zeker als je ook nog een auto met chauffeur hebt.

Daar komt ze aan, mijn chauffeur. Mijn chauffeur is een
vrouw.

Ik ben zelf ook een vrouw, maar dat terzijde.

Ik spring kordaat op van de bank en loop naar de auto.

Mijn chauffeur houdt het achterportier open en ik ga op de
achterbank zitten.

Langzaam rijden we de straat uit. Tot mijn grote afschuw zie
ik de bitch van nummer 12 lopen.

Ik ga rechtop zitten, houdt mijn lippen getuit en steek mijn
borst fier vooruit.

Als we langsrijden blaf ik zo hard als ik kan. Het secreet
schrikt en rent luid piepend weg.

Ik kijk haar tevreden na. Dat zal haar leren, die valse
Chihuahua.

Mijn chauffeur stopt op de parkeerplaats voor mijn
dagelijkse wandeling door het bos.

Ze loopt zelf ook mee, maar wel een paar meter achter me.

Want je bent tenslotte een eindbaas of je bent het niet….

DE HUISMUS

Laura Kuipers-van Haarlem   *introductiecursus schrijven*

De hele week zit hij in de vrachtwagen. Hij geeft varkens hun laatste reis naar het slachthuis binnen heel Europa. Iedere ochtend belt hij via Facetime met Joke. Nu had ze bedacht dat ze aanstaande zaterdag met hem naar de film wilde. Hij bleef eigenlijk liever thuis, studio sport kijken onder het genot van een borreltje en een zoutje. De hele week van huis maakt hem in het weekend een huismus. Maar voor Joke ging hij mee zo had hij beloofd voor Joke deed hij dit alhoewel ...

Gearmd met Joke aan zijn zij lopen ze samen, met opgestoken paraplu, naar de bioscoop. Het miezert. Ook dat nog. Eenmaal bij de bioscoop klapt Jos zijn paraplu dicht en houdt de deur voor haar open. Ze lopen samen de bioscoop in. Kaartjes had Joke al via internet besteld. Eerst nog even naar het toilet piepte Joke. Jos zucht "nou dat weer" . Ik ben er klaar voor, Joke straalt als een kind dat in de snoepwinkel staat dat Jos mee is gegaan naar deze film. Ze krijgen een plekje aangewezen een love seat. Jos rolt met zijn ogen. Hij trekt zijn jas uit en zijn oog valt op jong zoenend stelletje achter hem. Hij slaakt een diepe zucht. Hij gaat zitten en drukt op de knop om iets te bestellen. Wat wil je drinken vraagt hij aan Joke, maar ze kan, zoals altijd, geen keuze maken. Thee, koffie, of warme chocomel met slagroom? Jos zijn irritatie groeit met de minuut en de film moet nog beginnen.

Zat hij hier maar met haar, dan zou het allemaal heel anders zijn. Jos zijn gedachten vlogen naar de "rooie spin" grr hij lust haar rauw. Toen Joke straks op het toilet zat, had hij haar nog ff snel een hartje geappt. Ze is zo heel anders dan deze saaie grijze doos die nu naast hem zit ... en waar hij straks weer naast moet liggen ... pffff. De film draait

maar deze huismus zit met zijn hoofd heel ergens anders...
Zal hij straks thuis het aan Joke op gaan biechten ... van de
rooie spin…
 Twee maanden later
 Vrolijk zingend zitten Jos en zijn nieuwe liefde in de
vrachtwagen op weg naar het zuiden van Europa. Aan de
achteruitkijkspiegel wiebelt een plastic rode spin ...

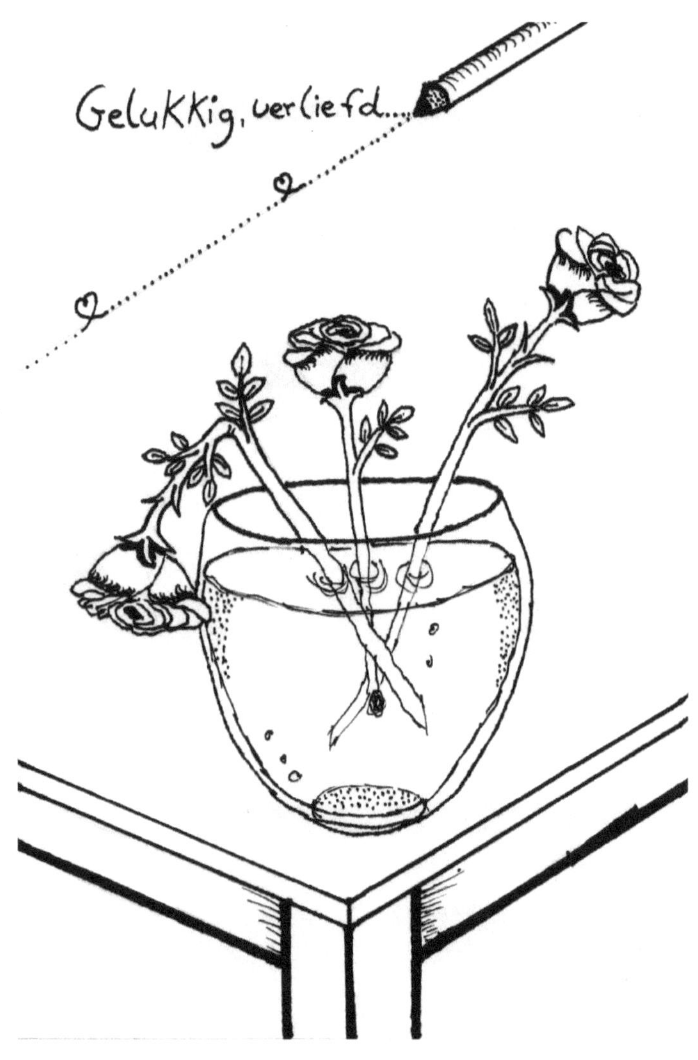

Sanne van de Graaf

JANNES EN ELS

Astrid Scheenen   *introductiecursus schrijven*

Vol goede moed en met de snoeischaar in zijn handen loopt hij de tuin in. Al tientallen keren heeft hij het zijn vrouw zien doen, maar voor hem wordt het de eerste keer. Normaal gesproken zorgt zij voor de rozenstruiken in hun tuin, maar vandaag gaat hij haar verrassen. Els is geveld door corona en ligt op bed. Hij heeft vanmorgen een lekker ontbijtje voor haar gemaakt en haar de krant op bed gebracht.

Els houdt van het leven buiten, van wandelen door het bos, zwemmen in natuurwater, ook in de winter, van weg zwijmelen bij de ondergaande zon aan het strand. Maar nu is Els al een paar weken goed ziek en heeft hij besloten het buitenleven naar binnen te halen. Ze gaat rozen uit eigen tuin in haar kamer krijgen, en hij gaat daarvoor zorgen. "Moggûh Jannes! Wat zie ik nou, ga je met de snoeischaar aan de slag? Weet Els dat wel?" "Moggûh Geert! Voor alles is een eerste keer zeggen ze! Els mist haar tuin en haar rozen, ik ga haar wat bloemen binnen brengen." "Zou je dat nou wel doen, buurman? Je hebt van je leven nog geen snoeischaar vast gehad. Straks verknip je die hele mooie rozenstruik waar Els zo dol op is! Dat kan ze er niet ook nog bij hebben lijkt me!" Jaja, buurman Geert heeft altijd hele opbeurende woorden voor Jannes. Jannes trekt zich er niks van aan en pakt de tuinhandschoenen, de tuinschaar en zoekt op zijn telefoon het YouTube-kanaal op, waar de uitleg over rozen snoeien staat. "Succes Jannes, laat maar het maar weten als ik wat rozen van de bloemist moet halen voor je! Hahaha!" Jannes zet zijn koptelefoon op en begint aandachtig te kijken, luisteren en knippen.

Els kijkt verrast op van haar tuintijdschrift als ze Jannes ziet binnenkomen met de vaas bloemen. Hij kijkt er wat verlegen

bij. De bloemen schieten alle kanten op, hier en daar is er
één geknakt, en de vaas is eigenlijk veel te groot voor het
aantal bloemen, maar ze herkent de rozen meteen. "Och!
Dat zijn mijn eigen rozen! Je hebt rozen van mijn eigen
struik gesnoeid! Jannes, wat ontzettend lief!" Ze bedenkt
zich meteen dat ze volgend jaar waarschijnlijk minder rozen
zal hebben door het wilde snoeien maar weet ook dat ze
dus volgend jaar weer aan dit moment zal denken. Jannes
houdt niet van de tuin. Jannes houdt niet van vieze handen.
Jannes duikt het liefst in de boeken en zit het liefst met pen
en papier aan zijn bureau dat uitkijkt over de tuin, waar zij
dan in aan het werk is. Dat is hun harmonie, hun manier
van samen zijn. Al jaren.

Els neemt een slok van haar thee terwijl ze kijkt naar de
vaas bloemen die op het bureau staat. Aan datzelfde bureau
zit haar man de dichter. Haar man die dol is op lezen, op
het verzamelen van boeken, op het schrijven van brieven en
gedichten. Haar man die dol is op haar.
Jannes kijkt naar zijn vrouw, met de kop thee in haar
handen, genietend van de rozen. Hij pakt zijn pen en
schrijft.

Soms zit ze aan de tafel
Soms zit ze op de band
Soms ligt ze in het gras
Verlegen, ongemak

Soms knipt ze bloemen
Soms schrijft ze aan haar boek
Soms kookt ze haar zelf geteelde groenten
Tevreden, trots

Soms gaat ze even zitten
Soms kijkt ze om zich heen
Soms blijft ze liever lopen
Blij, gerust

Soms voelt ze enkel liefde
Soms ziet ze zijn gezicht
Soms zitten ze tevreden samen
Gelukkig, verliefd.

HET DAGBOEK

Elly Koutamanis   *kinderboeken schrijven*

'Nee!' Hanne smijt haar tas op de grond. Het is weg!

Ze ploft neer op bed. Terwijl ze haar kamer rondkijkt, pakt ze een pluk van haar rode haar en begint zenuwenkrulletjes te draaien.

Wat moet ze nou doen?

Diep ademhalen en tot tien tellen, zegt mama altijd.

'Eén...' mompelt ze zachtjes. 'Twee...' Haar bureau is een zooitje. Boeken, huiswerk, de kleren die ze vanochtend toch niet aan wilde. 'Drie...' Misschien moet ze beter zoeken? 'Vier... Vijf...' Maar dat heeft geen zin. Ze wéét dat ze haar dagboek vanochtend in haar tas had gestopt. 'Zes...' En ze wéét dat Mila er supernieuwsgierig naar is. 'Zeven...' Waarom wilde Mila eigenlijk niet mee terug fietsen na de gym vanmiddag? 'Achtnegentien!' Ze springt op.

Hoe dichter bij Mila's huis Hanne komt, hoe langzamer ze gaat lopen. Voor het tuinhek staat ze stil. Als ze flink door haar bril tuurt, kan ze Mila al zien zitten. Haar korte zwarte haar lijkt bijna blauw in het licht van de tv.

Ze kan nog terug.

Nee. Dapper zijn nu.

Ze haalt diep adem, opent het tuinhek en loopt in één keer door naar het huis. Met trillende handen klopt ze op het raam. Mila's hoofd schiet omhoog en komt dichterbij. 'Hanne!' roept ze onhoorbaar, met wilde gebaren, voor ze weer uit beeld verdwijnt. Hanne kijkt naar haar voeten. Er klinkt gestommel en gekraak. De deur. Vanuit haar ooghoeken ziet ze Mila's gestreepte sokken de tuin in stappen.

'Hanne!' klinkt het vrolijk. 'Hé, is er iets?'

'Oh, nee, niks,' hoort Hanne zichzelf zeggen. Niks?

'Niks?' vraagt ook Mila. 'Zeker weten?'

'Ik eh… Ik ben iets kwijt.' Haar vingers hebben weer een pluk haar gevonden. 'En… Ik vroeg me af of jij het misschien gezien hebt?' Ze dwingt zichzelf om op te kijken. 'Mijn dagboek. Kun je me anders helpen zoeken?'

'Ooh!' Mila lacht haar rechte, witte tanden bloot. 'Dat hoeft niet. Ik weet waar het is!'

'Echt?'

'Ja! Het was uit je tas gevallen, denk ik, het lag nog in de kleedkamer na gym. Jij was ook zo snel weg! Ik wilde natuurlijk niet dat iemand anders het zou lezen, dat zou echt een ramp zijn, dus ik heb het maar gauw voor je meegenomen. Ik zou het wel komen brengen, hoor, maar ik was het alweer vergeten, ik ben ook zó gestrest voor die toets morgen.'

Hanne slikt. 'Je hebt het toch niet gelezen, hè? Ik schrijf er echt maar onzin in, hoor.'

Mila schudt haar hoofd en wijst naar de deur. 'Het ligt binnen, ik ga het meteen halen, oké?' Dan lacht ze weer. 'Hé, zullen we anders samen leren? Je bent er nou toch, kun je me mooi helpen!'

Melinda Tomberg

36

DE POPPEN AAN HET DANSEN

Lotte Pouwels *verhalen schrijven A*

'Dames en heren, mag ik uw aandacht voor de toekomstige markies van Andraconis en verloofde van gastheer Francis Corbin, edelvrouwe Evangeline Marie-Fleur Laurent.'

Een bescheiden applaus weerklinkt door de balzaal als ik binnen stap. Ik houd mijn rug recht, mijn borst vooruit en mijn kin opgeheven. Maar mijn adellijke uitstraling kan niet verbergen dat ik verschrikkelijk bang ben. 'Gewoon doen wat je altijd doet. Diep ademhalen, glimlachen en zwaaien.' Mompel ik zachtjes.

'Ah, Evangeline!' Die stem. Die verschrikkelijke stem. Ik draai mijn hoofd en zie het gezicht dat ik had gehoopt nooit meer te hoeven zien na weg te zijn gerend van ons verlovingsfeest. Francis. 'Oh, mijn liefste. Het verwarmt mijn hart om je hier te zien.' Francis neemt mijn hand en plant er een natte zoen op. 'Ben je dan toch eindelijk tot bezinning gekomen?' De smerige glimlach op zijn gezicht laat me bijna kokhalzen, maar ik houd me in.

Ik trek mijn hand terug en veeg hem af aan mijn jurk. Paniekerig kijk ik om me heen om iemand te vinden die me uit deze situatie kan redden. Maar mijn vrienden zijn nergens te bekennen. Het ziet er naar uit dat ik er alleen voor sta. Snel bedenk ik een smoes. 'Kan je me even excuseren? Ik wil me mengen met de andere gasten.' Zonder op een antwoord te wachten draai ik me om om weg te lopen.

Maar net als ik dit doe begint er muziek te spelen en Francis pakt me stevig vast bij mijn pols. 'Dat kan straks. Laten we eerst dansen. Het publiek verwacht het bruidspaar op de dansvloer.' Ik kijk van Francis naar de menigte die begint te dansen en terug. Hij laat mijn pols los en bied me in plaats daarvan zijn uitgestrekte hand aan. 'Mag ik deze dans van u?'

Als ik de palm van zijn hand zo zie, krijg ik een idee. Huid
op huid contact staat mij toe om een charmeer-spreuk uit
te spreken. Zo kan ik Francis zo ver krijgen om me met
rust te laten voor de rest van de avond. 'Maar natuurlijk.'
Zeg ik met een glimlach terwijl ik Francis' hand vast pak.
Een warme gloed verschijnt in de palm van mijn hand vlak
voordat onze handen elkaar raken. Ik voel hoe mijn magie
Francis' mentale barrière doorbreekt en zijn geest indringt.
Maar er klopt iets niet. De barrière lijkt er niet te zijn, het is
veel te makkelijk om er door te breken. En zijn geest... Is al
bezet. Er is een andere charmeer-spreuk actief. Een van een
veel sterkere magie gebruiker dan ik.

Mijn spreuk is mislukt en heb mezelf nu onbedoeld
overgegeven aan Francis. Hij trekt me met een zwierig
gebaar de dansvloer op en glimlacht van oor tot oor. De
muziek zwelt aan en al snel maken we deel uit van een
gigantische dans. 'Ik moet zeggen dat het me verbaast
hoe meegaand je bent vandaag. Het is een aangename
verrassing.' Zegt Francis terwijl hij zijn hand op mijn middel
legt. 'Een minder aangename verrassing is het lef dat je hebt
om mij proberen te betoveren op mijn eigen feest.' Zijn grip
wordt sterker en zijn nagels beginnen pijnlijk hard in mijn
zij te steken. 'Ik stel voor dat je je neus uit mijn zaken houd
en je gedraagt voor de rest van de avond.'

Ik voel mijn eigen mentale barrière ineens aangevallen
worden. Gelukkig heb ik het op tijd door en kan ik de
spreuk weerstaan. 'Een suggestie-spreuk?' Vraag ik. 'Hoe?
Jij hebt nooit magie kunnen gebruiken.' Francis vertoont
weer een glimlach. Een onheilspellende deze keer. Ik begin
de puntjes te verbinden in mijn hoofd en kom tot een
angstaanjagende realisatie. Degene die de charmeer-spreuk
over Francis heeft uitgesproken bestuurt hem nu. Dit is
niet Francis. Dit is een marionette. 'Wie ben jij? Wat wil je

van me?' Vraag ik op fluistertoon. Angstzweet begint zich te vormen op mijn voorhoofd.

 Francis trekt me ruw dichter naar zich toe en fluistert in mijn oor. 'Hoe minder je weet, jonge markies, hoe beter.'

Marieke Elemans

VIJFJE

Yvon Arts   *autobiografisch schrijven*

"Zondagmiddag rond een uurtje of twee
bleek er een paddenstoel te groeien in onze moestuin.
Zelda pakt de paddenstoel op en begint hem te ontleden.
Zondagmiddag rond een uurtje of twee,
was de paddenstoel er niet meer."

VRIJHEID GEVANGEN IN EEN ONZICHTBARE KOOI

Tanya Putros   *autobiografisch schrijven*

Mijn zorgeloze kindertijd was op slag weg. Vrijheid zoals
ik die kende zou er voorlopig niet meer zijn. Samen met
mijn gezin kwam ik aan in een aanmeldcentrum voor
vluchtelingen.

Daar zat ik dan, alleen op een blauwe plastic stoel die
vastzat aan een stuk beton. Ik zat daar omringd door
mensen, mensen die ik niet kende. Allemaal verschillend,
jong en oud, zwart, wit, en alle kleuren daar tussenin. Ik zat
op een blauwe plastic stoel in een ruimte met grote ramen.
Vanuit mijn stoel keek ik naar buiten, naar een binnenplaats
omringd door hoge muren. Tegenover me zat een moeder
met een kindje op schoot zachtjes te fluisteren en naast me
zat een man van middelbare leeftijd die sterk rook naar
zweet en sigaretten. Daar zat ik dan alleen te wachten, te
luisteren, te zoeken naar mijn familie. Ik keek naar de klok,
ze waren pas 10 minuten weg, wat zijn ze aan het doen?
Wanneer ben ik aan de buurt? Komen ze me nog halen? Ik
sta op om wat te drinken te pakken en toen ik terugliep was
mijn plekje op dat blauwe plastic stoeltje bezet.

VROUW IN DE SNEEUW

Linda van de Burgt   *verhalen schrijven A*

'Ze is snel afgekoeld. Tijdstip van overlijden
is lastig te bepalen. Ze heeft ook behoorlijk wat
onderkoelingsverschijnselen. Dat kun je zien aan haar
voeten. Op blote voeten door de sneeuw, voor wie weet hoe
ver. We weten dat ze … niet waar … en …'

Katja stond bij de jonge vrouw. De stem van Einar raakte
achter, kwam blikkerig en steeds zachter bij haar binnen.
Katja draaide zich terug naar waar ze vandaan kwam. Naar
waar de vrouw vandaan kwam. Naar haar sporen door het
wit. Ze zag haar rennen, eerst nog licht en snel bewegend.
Daarna worstelend door de sneeuw op handen en voeten.
Haar donkere haren voor haar gezicht, sommige plakkend
aan haar bezwete voorhoofd. Andere bungelend, ze vielen
steeds in haar ogen. Grote wolken uit haar mond getuigden
van haar zware ademhaling.

Vlak voor het bosje viel ze. Ze probeerde op te staan,
terwijl ze ook nog steeds vooruit wilde komen. Haar vingers
trokken diepe, lange strepen in de sneeuw. Deels weer
uitgewist door de voetsporen die er achter aan kwamen.
Ze hoestte hier ook meer bloed op. De druppels waren
frequenter en dieper. Dikker.

Katja zag hoe ze zich vastgreep aan de takken van het
bosje. Zich er om heen trekkend, optrekkend. Klaar om te
schreeuwen, misschien. Maar er was niemand geweest. Het
was tussen laat en vroeg geweest en er was niemand buiten.
Niet hier.

Het kostte haar haar laatste kracht. Ze zakte ineen, kroop
nog een krappe meter en stortte toen blijvend in de sneeuw
…

'Weten we al waar ze vandaan komt?' Katja was weer terug
uit haar voorstelling.

'Nee, nog niet. Wij zijn haar spoor kwijt geraakt bij de
weg achterlangs. Waarschijnlijk heeft ze daar over het
platgereden spoor gerend en niet door de losse sneeuw. Ze
is ook niet recht overgestoken. Vermoedelijk heeft ze een
heel stuk over de weg gerend tot ze bij de t-splitsing de
Waalbrug in haar zicht kreeg, de stad. Haar doel, denken
we. We hebben onze eigen hondenunit ingelicht,' herhaalde
Einar.
   Inmiddels was hij gewend aan de kleine uitstapjes van
zijn partner. Hij bracht na hun eerste zaak samen altijd het
geduld op antwoorden te geven die bij hem zelf al de revue
gepasseerd waren. Als zij kon doen wat zíj deed, dan kon hij
dit.

   Zoals ze stond, de middagzon achter haar zodat alleen
haar silhouet achter bleef. De schittering, de felheid en het
contrast, bracht hem terug. Zo had hij haar vijf jaar geleden
voor het eerst gezien. Een mysterieuze omlijning, in de
avondzon toen. Hij was aan komen lopen bij zijn eerste PD
in Nijmegen. Katja was er al.
   Hij had bij het lint zijn penning laten zien en was onder
de punt door gedoken die de agent daar voor hem maakte.
Einar liep in de richting van het witte laken en scande het
tafereel er omheen. Niemand te zien die geen forensisch
pak aan had. Hij draaide zich even om. 'Waar kan ik Katja
Wiegers vinden?'
   'De hoek om, net het steegje in.'
   'Net het steegje in…' mompelde hij vragen in zichzelf. Dat
was een eindje van de scene af. Hij begon weer te lopen en
maakte zijn das iets los van zijn bezwete hals. Hoe dichter
hij bij het laken kwam, hoe meer hij rook en instinctmatig
hield hij zijn arm met blouse voor zijn neus. De hitte deed
geen goed aan de staat van het lichaam.

Hij boog zich wat voorover om de vorm onder het laken in zich op te nemen. Een arm stak een stukje onder het wit uit. Vingers, slank met gelakte nagels. Zo'n hippe neonkleur.

Nog voorovergebogen richtte hij zijn blik op het steegje aan zijn linkerkant en daar stond ze. Een schaduw, volkomen stil. 'Hallo,' begon hij. 'Katja?'

Geen antwoord. Geen beweging. Niets. 'Hallo?' zei hij nogmaals. Hij bewoog zijn hoofd wat naar voren om haar beter te kunnen zien. Voor ruim een minuut stonden ze zo. Niets dan stilte en zon tussen hen.

'Je hoeft niet zo voorzichtig te doen, hoor. Daar kan niet méér mis gaan dan er al gegaan is.' klonk het opeens. Einar schrok en schoot overeind.

'Wat doe jij in die steeg, dan? Kijken of daar wel nog iets mis kan gaan?!'

'De zon,' zei ze en wees. 'die maakt zo'n lange schaduwen.'

'Doet hij bij mij altijd…'

Katja grinnikte.

'T-splitsing?'

'Onder de sneeuw loopt er vanaf die bocht in de Vlietberg een pad. Veel wandelpaden, hier.

'En wat er met haar gebeurd is?'

'De patholoog is onderweg. Na de foto's kan het lichaam vervoerd worden. En onderzocht. Hopelijk kunnen we haar dan ook snel identificeren.'

'Heb je me dit al verteld?'

'Nu pas twee keer.' zei Einar en gaf haar een grijns. Ze wist het. 'Wil je rondlopen?' vroeg hij.

'Ik wil naar het begin.'

Renée Goosen

OORVERDOVENDE KAKETOES

Anne-Linka Nijbroek   *autobiografisch schrijven*

Nieuwsgierig kijk ik rond in mijn 'nieuwe', en tijdelijke, kamer.

De donkere laminaatvloer heeft een zodanig glanzende laklaag dat ik een beetje bang ben om uit te glijden. In de hoek staat een blauwe bank met daarop een knuffelnijlpaard, gemaakt van paarse ribstof. De knuffel past goed bij het eveneens paarse beddengoed, dat op een tweepersoonsbed met zwarte spijlen ligt.

Hier in deze kamer in dit bed, op de begane grond van een voor mij nu nog onbekend huis, zal ik het komende half jaar slapen.

Dit mooie, witte hoekhuis met een donkerrode voordeur, aan de andere kant van de wereld, zal voor de periode dat ik hier au pair ben mijn thuis zijn.

Ik spiek even tussen de witte kanten gordijntjes door naar buiten. Het uitzicht op een drukke straat, waar naast vele auto's ook meerdere keren per uur een tram langs dendert, wordt gelukkig enigszins geblokkeerd door de struiken en een grote boom die in de voortuin staan.

Op het moment dat ik ontdek dat er twee witte vogels met grote, gele kuiven in de boom voor mijn slaapkamerraam zitten, roep ik enthousiast de 3 kindjes waar ik kort daarvoor kennis mee heb gemaakt.

Het vijfjarige jongetje, dat een enorme bos bruine krullen en grote donkere ogen heeft en in eerste instantie wat verlegen leek, is minder enthousiast dan ik. Hij noemt ze in plaats van kaketoes 'rotvogels', waar ik niks van begrijp. Zelfs als hij me uitlegt dat ze heel veel herrie maken, vind ik ze nog steeds prachtig.

Als ik wat later met de twee jongste kinderen, meisjes van 1
en 3 jaar oud met vergelijkbare bossen bruine krullen en grote
donkere ogen als hun broer, in het park ben, moet ik toch eerlijk
bekennen dat ik kaketoes minder leuk vind dan ik in eerste
instantie dacht.

Ik kan het de kindjes niet kwalijk nemen dat ze niet naar me
luisteren, aangezien ik mijzelf amper kan verstaan. Ik word
dubbel en dwars overstemd door het geschreeuw van tientallen
kaketoes die boven onze hoofden als kamikazepiloten tussen de
bomen heen en weer vliegen.

Het lawaai is oorverdovend. Het lijkt wel alsof hun snavels
megafoons zijn.

Maar goed, ik ben weer een ervaring rijker. Binnenkort maar
eens opzoek naar kangaroes en koala's. En voor nu vooral hopen
dat kaketoes geen nachtdieren zijn, anders doe ik geen oog dicht.

KWIJT

Marian Sitters   *autobiografisch schrijven*

De kamers heb ik na lang zoeken gevonden maar ze zijn er
niet. De kamer is donker, de gebloemde gordijnen zijn nog
dicht. Er is geen slot op de deur en iedereen kan gewoon
binnenlopen. Mijn ouders vind ik nergens. Na een tijdje zie
ik helemaal in de hoek een onbekende vrouw op een stoel
stoïcijns voor zich uitkijken. Het blijkt mijn moeder die een
totaal andere blik in haar ogen heeft en ik niet meteen had
herkend. Haar ogen staan zo donker als haar wereld is.
Een stukje verderop aan een grote houten tafel zie ik mijn
vader in een rolstoel knoeien met een kopje kippensoep.
De vermicelli zit op zijn gestreepte blouse en spijkerbroek.
Een verpleegster stelt zich voor en zegt "Goh je broer en zus
lijken exact op hem maar jij.."
Ik stamel dat ik meer weg heb van mijn moeder al geeft me
dat veel angst voor mijn eigen toekomst. Niks is meer van
hen en elke vaas moet achter slot en grendel omdat anders
een andere oudere het inpikt. Hun totale vrijheid is weg. De
andere bewoners zijn nog verder weg en lijken meer dood
dan levend. Ik schrik van de buurvrouw die met een enge
pop op haar buik in bed ligt. Een pop die lijkt op Chucky
uit die film. De deur staat open en ik zie haar niet zo 1, 2
3. Wel hoor ik kindergeluiden uit haar kamer, het bleek de
tv. Voor mij leek het iets weg te hebben uit een horrorfilm.
Mijn moeder wordt elke ochtend gewassen, iets wat ze
helemaal niet wil en op zich ook zelf kan, alleen ze doet het
niet. Vroeger douchte je niet elke dag. Ik vraag mij af of het
verplicht is.
"Ze hebben mij een luier aangedaan" zegt ze. En ik zie haar
verdriet en angst in haar ogen. Ze wil dat ik haar knuffel
maar tegelijk wil ze alles slopen. Gerimpeld en schuilend in
haar blauwe jas. "Ik wil weg hier" zegt ze.

"Mama ik neem je wel mee naar mijn huis en dan kun je
hier wonen." Ik zeg het maar ik weet ook dat dat niet kan.
Hoe onmenselijk is dit. Ik voel dat ik geen grip meer heb
op de situatie. Mijn vader is geestelijk nog helder maar
lichamelijk allang op. Ik zie hem steeds weer omvallen en
als hij in zijn elektrische rolstoel zit, ramt hij de halve pui
eruit. Mensen kunnen hem nog net op tijd ontwijken.

"Papa, zet dat ding wat zachter" zeg ik hem. Mijn vader is
moe, doodmoe. Het geluk is allang uit zijn ogen verdwenen.
Ik vraag mij af of hij nog wel een moment van blijheid kent.
Ik geef hem een knuffel en voel al zijn botten.

"Niet doen zegt hij, je plet me bijna." Ik weet niet of hij
serieus is of een grapje maakt. Als ik weer naar huis ga,
loopt mijn moeder mee naar de zware gesloten deur. Ik toets
de code in terwijl mijn moeder achter mij staat.

"Mevrouw, mevrouw", roept de verpleegster naar mij,
"heeft uw moeder de code ook gezien?" Ik heb er eigenlijk
niet op gelet. De code vind ik ook erg dom gekozen, 1 tot en
met 10 en mijn moeder zie ik ervoor aan dat ze deze allang
weet. Mijn moeder zegt dat ze morgen toch wel weer naar
huis loopt en met een huilend gezicht pak ik de trein terug.
Naar huis. Mijn eigen huis waar ik alles kan doen wat ik wil.

Thom Eisenga

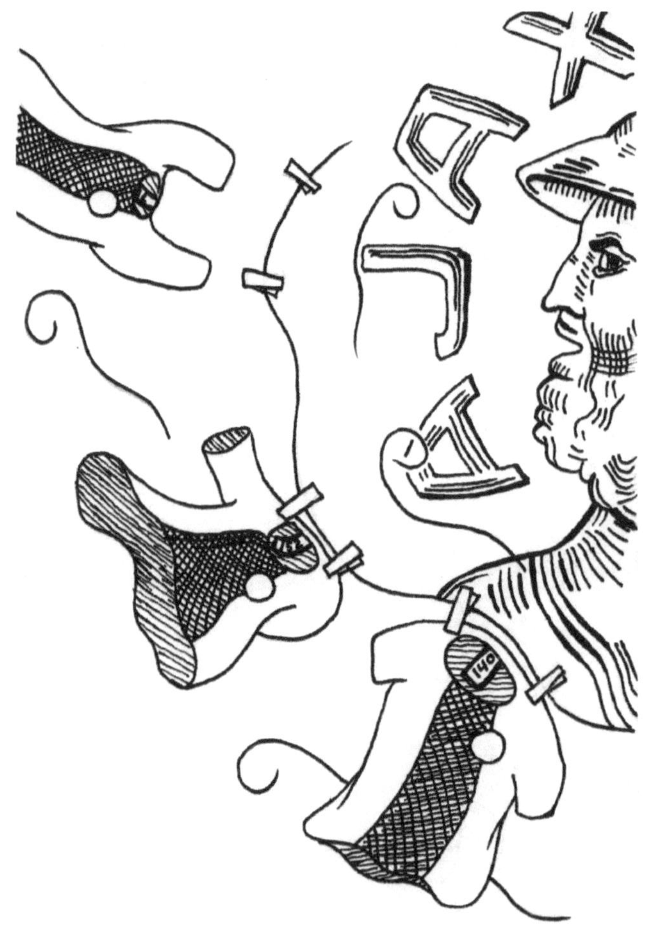

Rob den Besten

Bas Linders   *autobiografisch schrijven*

Wat een dag! Ik zat vanochtend in overleg met mijn team om te praten over strategisch personeelsbeleid maar was er eigenlijk niet helemaal bij. Semi nonchalant refreshte ik voortdurend Twitter op mijn mobiele telefoon, wachtend op dat ene bericht. Ondertussen appte mijn oudste dochter of ik 'al wat gehoord had?'. Ook zij was druk op social media.

Allebei in afwachting van de presentatie van het nieuwe thuisshirt van Ajax. Al maanden gonsde het van de berichten dat na 30 jaar eindelijk het door mij zo geliefde oude logo weer terug zou komen op het shirt.

Om half 11 ontplofte Twitter, en ik kon er niks aan doen, maar kreeg tranen in m'n ogen. 48 jaar en weer werd ik geëmotioneerd door mijn grote 'liefde'. Ik stuurde een appje naar Loeka met een van blijdschap huilende emoticon, vergezeld met de kreet 'Yes, ouwe logo!!!'

Volledig afgeleid van de vergadering excuseerde ik mij en ging naar het toilet om daar in alle rust de details te bekijken. Prachtig! Het klassiek rood-witte shirt met daarop het logo gestikt; niet geplakt, gebrand of wat dan ook, nee, echt gestikt; alsof het erop lag. Zo uitgesproken, zo mooi, zoveel herinneringen. Voordat ik terug ging naar de vergadering heb ik er meteen 3 besteld. Een voor mij en twee voor mijn dochters. Het waren de eerste Ajax shirts die ik sinds 30 jaar had gekocht, de eerste ook voor mijn twee dochters. En dat laatste deed mij eigenlijk nog het meest.

Marion Biermans

STUDENTENKAMER

Maaike Moll van Charante   *autobiografisch schrijven*

Door het gele gordijn schijnt de zon
Ik hoor voetstappen op de trap
naar boven, naar beneden en weer naar boven
een deur slaat dicht, gaat open, flarden
muziek, keukengeluiden en een fiets
wordt buiten van het kettingslot gehaald
Vanonder de vaal gekleurde deken kijk ik
de kamer in, een gitaar, een bord met kruimels,
twee halfvolle glazen
mijn trui hangt over jouw stoel
de wekker geeft aan dat het middag is
Ik blijf liggen en draai mij naar de muur
tegen jou, slapend en warm, aan
het voelt veilig en spannend
aan de muur hangt een ansichtkaart van Klimt.

EXCURSIE

Monique Spoor   *autobiografisch schrijven*

Zodra ik mijn been over de rand van het bed steek en mijn
ogen eens goed open doe om de wekker uit te zetten, zie ik
de medicijndoos. De doorzichtige deksel laat 7 tabletten zien
die allemaal verschillend zijn in uiterlijk. De een klein, wit
en rond, de ander groot en ovaal, verder een tussenmaatje
ronde roze tablet, een minipilletje waarvan ik iedere dag
hoop dat ik die niet laat vallen, een grote capsule waarvan
de helft lichtblauw gekleurd is en twee kleine witte ovale
pillen. Het is een bont mengsel dat met zorg samengesteld
is. Ik doe er exact 5 seconden over om de medicijnen te
pakken, in mijn mond te stoppen en ze in 1 slikbeweging
door te slikken zodat ik klaar ben om de dag te beginnen. Ik
vind mezelf een expert geworden in het slikken en managen
van mijn medicijnen. Een vaardigheid die ik ontwikkeld
heb uit noodzaak om te kunnen leven. En je lichaam levend
houden is toch een soort eerste voorwaarde.

Zes jaar geleden begon mijn dag anders. Voor het eerst
had ik wakker gelegen met een irritante pijn tussen mijn
schouderbladen. Duidelijk geen spierpijn maar wel een
trekkend, pijnlijk en zeurend gevoel. Niet erg genoeg om
pijnstilling te nemen, maar onherkenbaar en daarmee
zorgelijk. In de hoop dat de pijn weg zou trekken ging ik die
dag, zoals gewoonlijk, naar mijn werk. Het was vrijdag en
we gingen met alle tweedejaars leerlingen op excursie naar
Den Haag. Ik had de excursie samen met een collega zelf
georganiseerd en had er zin in.

De bussen stonden al op ons te wachten op het
parkeerterrein. Ik liep van de auto naar de bus, stapte in en
was buiten adem. Vijf minuten lang stond ik te hijgen alsof
ik gerend had. In werkelijkheid had ik minder dan 50 meter
gelopen. Op een rustig tempo. Twee weken daarvoor had ik

nog 3 km hardgelopen. Met zo'n app waarbij je drie keer in de week loopt om je conditie op te bouwen. De laatste paar trainingen gingen steeds moeizamer ondanks het feit dat ik juist vaker was gaan trainen. Hoe vaker ik trainde, hoe trager ik werd. Ik gaf mezelf de schuld. Ik trainde niet hard genoeg. Ik was een watje. Ik moest gewoon harder trainen. Gezonder eten. Beter slapen. Niet zeuren en doorgaan. Die conditie, daar viel iets aan te doen.

 De bus vertrok en ik zat als docent voorin naast de chauffeur. Mijn ademhaling was weer onder controle en alles leek weer helemaal oké te zijn. De leerlingen waren bezig hun snoepgoed in record tempo weg te werken en maakten gezellig veel lawaai. Zoals het hoorde. Ik kletste met de buschauffeur en nam de voorbereidingen van die dag nog eens rustig door. Tegen de tijd dat we borden met Utrecht boven de weg zagen, kwam plotseling die irritante pijn tussen mijn schouderbladen terug. Dit keer heftiger. Ik kon niet zeggen wat er aan de hand was maar iets klopte er niet. Ergens was er iets helemaal mis. En shit, ik zat hier in een bus op weg naar een stad ver van huis. Ik bleef stil zitten in de hoop dat het weer vanzelf weg zou trekken. Het voelde niet ernstig genoeg om anderen te alarmeren, wel te ernstig om te negeren. Het bleef maar door mijn hoofd malen, wat moest ik doen? Wat kon ik doen? Uit de bus stappen? Hoe kwam ik dan thuis? Een dokter bellen? Niet handig als je in een bus zit vol scholieren. En waarom zou je een excursie verpesten als je niet heel zeker wist dat er echt iets is? Ik deed het enige dat mij logisch leek. Ik negeerde mijn intuïtie, zorgde voor anderen en deed alsof er niets aan de hand was. Van de buitenkant zag je niets aan mij. Ik kwam er mee weg, voor nu. Het werd mij bijna fataal.

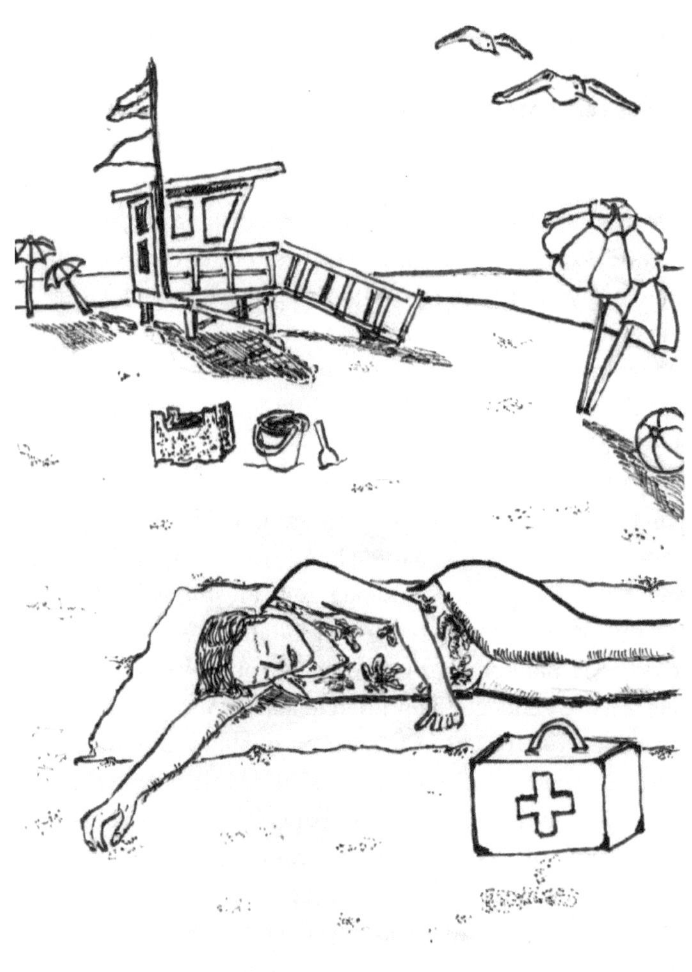

Marcel aan de Brugh

NAAR HET STRAND

Pauline van Heugten   *verhalen schrijven A*

De thermometer gaf vanochtend vroeg al 28 graden aan.
Het zou een zeer warme dag worden.

'Jeetje wat een drukte hier', zegt Nel tegen haar vriendin.

'Ja, ik weet niet of we er goed aan hebben gedaan om
vandaag naar het strand te gaan.'

'Ach, jij maakt je altijd veel te druk over de keuzes die je wel
of niet maakt. Denk om je hart.'

'Nou je het zegt, ik had vanochtend al wat druk op de borst.
En keek eerlijk gezegd best wel op tegen deze warme dag.
Wij hebben inmiddels ook al een respectabele leeftijd bereikt.
Ik denk zelfs dat wij ondertussen in de categorie 'kwetsbare
ouderen' vallen. Wat hebben we ons toch op onze hals
gehaald.'

'Geen beren, Drieka!'

Dat was hetgeen Nel al vanaf dat ze samen op de
huishoudschool zaten tegen haar vriendin zei als er weer
onnodige obstakels of problemen werden gesignaleerd. Die
bezorgdheid en problemen gingen overigens altijd over haar
gezondheid. Hypochondrieka noemden ze haar ook wel.

'He he, wat een heerlijk zitje.' Drieka ploft neer langs Nel
in de riante strandstoel met zonneklep. 'Als ik thuis ben
zeg ik tegen Jan dat we ook zo'n heerlijke stoel aan moeten
schaffen.'

Nel kan haar vriendin even niet volgen, want helaas is Jan
al even niet meer onder de levenden. Ze zwijgt en gaat naast
haar zitten.

'Ik doe even de ogen toe, Nel. Ik merk dat ik wat duizelig
ben en voel me misselijk.'

'Prima, doe jij maar even rustig aan. Ik heb de krant bij me
dus ik vermaak me wel. Kan ik weer even wegdromen bij de
carrière die ik zo voor me had gezien. Wat had ik graag de

wereld willen zien en erover willen schrijven. En...'

Nel merkt dat ze het tegen dovenmansoren heeft want ze hoort Drieka al stilletjes snurken.

Na een minuut of tien kijkt ze verschrikt naar links. Het stilletjes snurken maakt plaats voor een vreemd geluid. Drieka komt met een schok even overeind maar zakt dan in elkaar.

'Help', gilt Nel over het strand. Mensen kijken op en komen naar haar en Drieka toegesneld.

'Bel een ambulance. We moeten zo snel mogelijk van dit strand af. Weg hier.'

Een oude man met een nog veel oudere koelbox haalt een aantal koelelementen tevoorschijn. 'Zo dit zal haar wel helpen.' Hij plaatst de koelelementen tegen het lichaam van Drieka en dept ondertussen met een lauwe doek haar slapen.

Nog steeds is Drieka buiten bewustzijn maar gelukkig ziet Nel dat haar vriendin wel ademt.

De oude man houdt ondertussen een hand op Nel haar knie. 'Het komt goed met uw vriendin mevrouw. Ik ben jarenlang EHBO-er geweest bij de plaatselijke voetbalclub en ik heb heel wat hitteberoertes behandeld. Heeft u trouwens de signalen van een eventuele oververhitting niet opgemerkt? Vaak slaan mensen dan wat wartaal uit en klagen van druk op de borst of moeilijk ademhalen.'

'Nou, ja, ze, uhmm...' Nel merkt dat ze zich een beetje schaamt omdat ze de klachten van haar vriendin heeft gebagatelliseerd. 'Ja, ze klaagde wel wat over de hitte en ik vond haar wel wat verward. Maar ik ken Drieka langer dan vandaag en neem dat met een korreltje zout.'

Dan komt Drieka langzaam bij en opent haar ogen.

'God, wat liet je me schrikken,' zegt Nel. 'We gaan als de wiedeweerga terug naar huis, ik blijf geen moment langer op deze plek.'

Drieka kijkt glazig uit haar ogen en zegt zacht: 'ik ga even helemaal nergens heen.'

Judith Verbaan

ZOMERMIDDAG

Annie Stienstra   *autobiografisch schrijven*

Het is een middag in de zomer of laat in het voorjaar dat ik als klein meisje de straat uit loop en tussen het prikkeldraad door kruip om bloemen te gaan plukken in de wei. Ik ben graag in de wei en heb er plezier in om er slootje te springen. Deze keer kom ik niet voor de sloten. Er staan in dit seizoen allerhande bloemen en ik wil mijn moeder verrassen met een mooi boeket. Alleen het woord boeket vind ik al mooi. Dat ken ik uit een boek. Normaal hebben we het over een bosje bloemen.

Het gras voelt koel aan mijn benen die bloot zijn, omdat mijn kniekousjes zijn afgezakt. Of misschien had ik wel sokken aan in mijn stevige bruine veterschoenen. Er lopen op dat moment gelukkig geen koeien. Toch moet ik goed uitkijken, want er liggen wel koeievlaaien. Die lijken droog, maar als je erin trapt blijkt het toch een vieze boel. Dat weet ik uit ervaring.

Het gras wordt platgestrapt door mijn voetstappen, maar achter mij veert het gewoon weer overeind. De pinksterbloemen en boterbloemen die er veel staan, laten zich makkelijk plukken. De stengels van korenbloemen zijn taaier. Die moet je eerst knakken en dan op de knik draaien totdat ze kapot zijn en afknappen. Daardoor gaan mijn vingers pijn doen. Toch wil ik die ook hebben, want die hebben zo'n mooie kleur blauw. Klaprozen hebben ook een mooie heldere kleur. Toch zijn die de moeite niet, want die vallen gelijk uit als je ze in de vaas zet.

Als ik een mooi boeket heb, weet ik niet meer in welke straat ik woon. Ik ben teveel afgedwaald en de straten lijken

van deze kant allemaal op elkaar. Ik raak in paniek en
huilend loop ik de straat in die het dichtst bij is. Daar staan
twee oudere vrouwen te praten. Ik ken ze niet. Maar zij
vragen waarom ik huil en gaan met me op zoek. Ze nemen
me mee naar de Spar om te vragen of ze me daar kennen.
Op dat moment weet ik allang weer waar ik ben, maar
dat durf ik niet te zeggen. De mevrouw van de Spar weet
in welke straat ik woon, maar niet het huisnummer. De
vrouwen lopen met me mee en als ik thuis ben staat mijn
moeder al op me te wachten. Ze vroeg zich al af waar ik
bleef. Ze is heel blij met de bloemen en bedankt de vrouwen,
dat ze mij hebben thuisgebracht. Gelukkig is ze niet boos.

ALLES GEBEURT MET EEN REDEN

Jurriaan Huting   *introductiecursus schrijven*

alles gebeurt met een reden
het loopt zoals het loopt
maar wat als we dat niet deden?

Thom Eisenga

Julia Pimentel Fortier

WIE MAG IK MORGEN ZIJN?

Joël Hendrix   *autobiografisch schrijven*

In een lijstje achter glas
Kijk ik in ogen die stralen als een lach
Deze vrouw beleeft het leven
Niet speciaal maar doodnormaal
Niet anders dan anderen en toch heeft ze het allemaal

Ander glas, andere ogen
Een zee van donkerte met hoge spiegel
Daarachter waarachtig grote golven
Pijn en angst die haar achtervolgen
Abnormaal normaal heeft ze iets en toch niets

Sienneke Ruiter

VRIJDAGOCHTEND

Anita Schoenmakers   *autobiografisch schrijven*

Vrijdagochtend. Zoals elke week heb ik ook nu weer
boodschappen gedaan. Gelukkig was ik met de auto
gegaan. Met mijn fiets had ik het allemaal niet meegekregen.
Langzaam rijd ik de wijk in. Het is stil zo 's ochtends. Geen
andere auto's en geen fietsers te bekennen. Zelfs niemand die
even een ommetje maakt. Maar je weet nooit of er ergens een
kind vandaan komt. Die schieten op de meest onverwachte
momenten voor je auto. Zelfs achter de weinige bomen en
struiken die er staan kunnen ze tevoorschijn komen. Het
is altijd uitkijken dus. In mijn vertrouwde straatje parkeer
ik de auto op de oprit. En wat heb ik zin in koffie. Eerst
haal ik de boodschappen uit de auto. Het zijn weer meer
tassen dan ik gepland had Door de garage loop ik naar
binnen. Gelukkig hoef ik niet ver met de boodschappen
te sjouwen. De voorraadkast zit in de garage, meteen om
de hoek bij binnenkomst. Ik zet de tassen met nieuwe
voorraad neer. Opruimen komt straks wel. Alleen de koel- en
vriesproducten moeten meteen opgeborgen worden. Deze
spullen moeten naar een andere ruimte. Door de garage loop
ik naar de bijkeuken. Dit is de plek van de vriesproducten.
En de hoek om de locatie van de koelproducten. Je raad het
al. We zijn in de keuken beland. Daar staat ook mijn favoriete
apparaat, het koffiezetapparaat. Ik druk op de knop en het
apparaat begint flink te ratelen. De geur van koffie komt mijn
neus binnen. Alleen dat is al zo'n ultiem geluksmomentje
's ochtends. Ondertussen haal ik de kamerdeur van het slot
af. De zon schijnt, dus de openslaande deuren mogen écht
helemaal open. Mijn mok is inmiddels gevuld. Samen met
de krant neem ik ze mee naar buiten, de achtertuin in. De
zonnestralen staan precies op mijn luie stoel gericht. Een
ochtendje boodschappen doen is zo beroerd nog niet. De zon

is zo scherp dat ik wel een zonnebril kan gebruiken. Even
terug naar binnen. Na één stap in de woonkamer gezet te
hebben blijf ik stokstijf staan. Ik geloof bijna niet wat ik zie
en moet een paar keer goed kijken. In de voorkamer, aan
de andere kant van waar ik sta, zit een duif. Hij zit doodstil
en recht voor de bank. Als ik ergens niet van houd is het
van fladderende vogels. Zeker niet in mijn woonkamer. Het
is geen optie om de duif te laten zitten. Naar binnen gaan
durf ik ook niet. Hoe krijg ik dat beest uit mijn kamer. Het
is dinsdag. Meestal is mijn vriendin die om de hoek woont
dan wel thuis. Ik gris mijn telefoon van de tafel en ga héél
snel weer naar buiten. Gelukkig, ze neemt op. Ik vertel mijn
verhaal en ze dat ik geen held ben. Ik kom er meteen aan
klinkt aan de andere kant. PFFF dat is al een opluchting.
Nog voordat ik enigszins rustiger kan ademhalen staat
mijn vriendin op de stoep. Ze kijkt vanuit de achtertuin
naar binnen en blijft heel rustig. Het belangrijkste is om de
duif naar buiten te krijgen zonder dat hij in paniek raak.
Op de stoel van de eettafel hangt een vest. Deze tafel staat
gelukkig vlak achter de tuindeur. Geen probleem om dat
te pakken. Mijn vriendin loopt met het vest wijd in haar
hand naar de voorkamer. Het lijkt een hele reis maar in
werkelijkheid is het nog geen elf meter. De duif zit nog
steeds rustig voor de bank. Dan voelt hij dat er iets gebeurd.
Langzaam wordt hij van achteruit heel rustig benaderd. Het
voelt zeker niet als een bedreiging. Wel heeft hij de drang
om zich te verplaatsen. Als mijn vriendin te dichtbij komt
wandelt hij rond de salontafel. Waarschijnlijk voelt hij de
koude luchtstroom naar buiten. Hij zet zijn wandeling voort
richting de achterkamer om vervolgens via de openslaande
tuindeuren ons huis te verlaten. Wat een opluchting.

Shanti Balsem

Elke Schrijen

CLAUDE

Charlotte van der Ham   *verhalen schrijven A*

Met een harde ruk waait het witte kozijn in de keuken
open. Claude, die net de eerste hap van zijn Franse uiensoep
neemt, verstikt zich bijna door de plotselinge klap die het
achterlaat. De harde wind die vervolgens als een vloedgolf
binnen komt zetten, blaast zijn kaars op tafel uit en laat
zijn keurig gestapelde papieren administratie door zijn
hele appartement vliegen. Onvermoeid staat Claude op.
Op zijn bruine leren sloffen sjokt hij langzaam naar het
wijdopenstaand raam. Bij elke stap die hij zet hoort Claude
zowel zijn knieën als de donkerbruine houten vloer piepen
en kraken.

Bij het raam aangekomen wordt Claude overvallen door
de brute kracht van de wind, die hij met dikke slierten door
de bomen in zijn straat ziet razen. Voor het raam worden
takken hevig heen en weer geschud, en tussen al het geschud
door vangt Claude glimpjes van de witte koepel op, die net
zoals elke avond door talloze lampen verlicht is. Normaal
gesproken weigert Claude er naar te kijken, maar alleen op
deze dag, elk jaar weer, laat zich Claude zich even meeslepen
door de pracht van de eeuwenoude basiliek. Even neemt de
wind hem mee terug in de tijd. Hand in hand en dolgelukkig
ziet hij de jonge Claude met zijn prachtige bruid voor
het raam staan. Bruut wordt hij gestoord door een aantal
bladeren die met een smak in zijn gezicht kletteren. Hij richt
zijn aandacht weer op de reden waarom hij naar het raam
toegelopen was en met al zijn broze kracht sluit hij het raam
weer.

Na het eten laat Claude zich even zakken in de fauteuil,
die met zijn rode kleur en gouden knopen sterk afsteekt
tegen de andere sobere meubels in zijn appartement. Het
is wonderbaarlijk dat deze oude, versleten stoel na al die

decennia nog steeds niet door zijn voeten gezakt is. Net
zoals Claude zelf trouwens. En niet alleen zijn fauteuil blijft
hem al zo lang trouw. Zelfs het kleine schilderijtje boven de
bank hangt er nog. Hij had het portretje van de inmiddels
jonge Claude vreselijk gevonden. Zijn 'arendsogen' volgden
hem overal waar hij ging. Maar zíj had het gemaakt en vond
het ook nog eens prachtig, dus bleef 't. Nu is hij blij dat hij
af en toe oog in oog kan staan met de Claude van toen, de
versie van zichzelf waar hij nooit mee gestopt is naar te
verlangen.

Uit een oude doos waarop met sierlijke letters 'Le Bon
Marché' geschreven staat, pakt Claude zijn vertrouwde
zwarte leren lakschoenen. Als de geur van zijn schoenen
zijn neus lichtjes binnendringt, wordt Claude even
teruggebracht naar het moment dat de verkoopster ze voor
het eerst, 40 jaar geleden, aan hem en zijn verloofde lieten
zien. Net zoals elk ander jaar poetst hij ze tot glanzen,
voordat hij zijn voeten er in laten glijden. Voorzichtig staat
Claude op. Hij strijkt zijn jasje glad en zet zijn strik recht.
Even werpt hij een blik op de goudomrande spiegel, in de
spiegel ziet hij een oude versie van toen staan. Zijn haren
zijn nog steeds zo vol als toen, maar zijn nu niet meer zwart
maar wit gekleurd. Ter goedkeuring geeft hij zichzelf een
klein knikje.

Met zijn zakdoek veegt Claude een klein laagje stof van
de stofkap van de platenspeler, en met trillende vingers
trekt hij plaat uit de hoes en legt hem in de speler. Op het
moment dat de naald langzaam de draaiende plaat raakt,
wordt de koude kamer beetje bij beetje gevuld met de
warme en vertrouwde stem van Aznavour. Op de draaiende
melodie van La Boheme, laat Claude zijn benen voorzichtig
in gang komen. Met zijn leren schoenen tikt hij zachtjes de
vloer aan. Bij elke stap die hij zet, veert zijn lichaam net iets

meer op en bereikt bijna een staat van souplesse. Hij steekt
zijn handen voor zich uit en in gedachten begeleidt hij Marie
door de kamer. En net zoals elk jaar is Claude weer even de
Claude van toen.

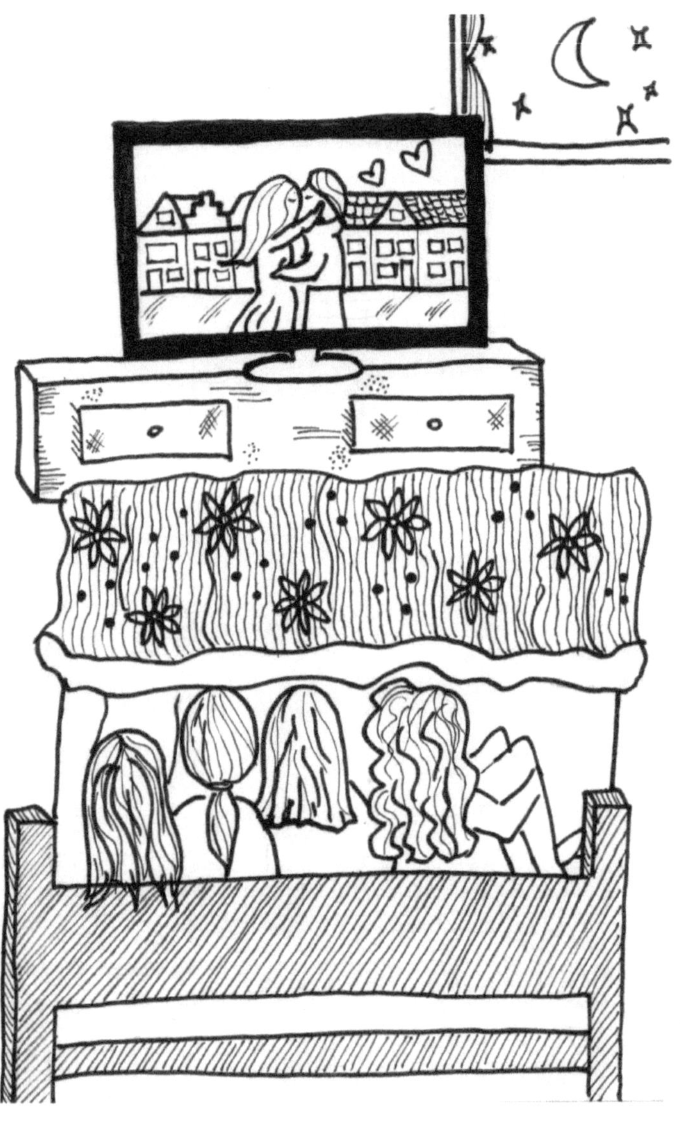

Renée Goosen

MARGOTH

Anouk de Bruijn   *autobiografisch schrijven*

"Denk eens terug aan een plek die prettig voor je was,"
zegt ze en hup, daar zit ik al op het dakterras. Aan jouw
'casa feliz' tussen de geel-oranje muren over de straten van
Antigua te turen.

Jij scharrelt daar rond tussen de planten en de was die
iemand maar steeds vergeten had weg te halen. Was kan hier
in een uurtje drogen.

Jij praat met je handen en met pret in je ogen, terwijl jij
de planten koude kamille thee geeft met dezelfde liefde
waarmee je ons in huis opneemt.

De zon staat hoog, jouw stem klinkt laag, vertraagd, water
klettert uit de kraan.

Jij laat je niet opjagen of bang maken, met je anderhalve
meter lang. Jij laat je niet zeggen dat je moet blijven bij een
overspelige man omdat je hier als vrouw nou eenmaal niet
scheiden kan.

Jij zorgt alleen voor twee dochters en veertig leerlingen in
jouw klas. En de gasten in jouw huis, met wie je praatjes
maakt.

Tuurlijk, met ons geld betaal je de huur, maar je weet hoe
het met ons gaat.

Nog voordat de onrust mijn kont inkruipt, zie jij al aan
mij dat ik weg wil gaan het land door, het is oké. De deur
zal openstaan. Ook al zijn alle kamers bezet, wanneer ik
terugkom, maak jij plek

Jij zegt het eerlijk als ik iets doms heb gedaan

Maar daar komt altijd een lach achteraan

En ik woon hier nu al zo lang dat ik weet dat jij stiekem
rookt op de wc onder de trap en ik speel het spel mee, doe
alsof ik het niet weet.

En ik woon hier nu al zo lang dat ik met jou en je dochters

mee op bed mag kijken naar de telenovela op teevee.

En ik woon hier nu al zo lang dat ik in jullie eígen keuken bananenbrood mag maken en grapjes. En ik leef en leer en lach in jullie 'gelukkige huis'.

En langzaamaan kan ik ontspannen, zucht, zó voelt dus thuis.

BIEFSTUK

Marit Zweers   *verhalen schrijven A*

Kira prikte de bloemkoolroosjes een voor een aan haar vork. Een van de tanden stond krom. De zoete aardappels waren al op. Haar platgeslagen, hevig gepeperde biefstuk lag onaangeraakt op het bord. Een aantal uur geleden had ze besloten nu echt vegetariër te worden. In de tussentijd had ze nog niet de moed verzameld dit aan haar vader te vertellen.

Ze staarde naar de lege plaats aan de overkant, enigszins jaloers dat Marie dit soort levensveranderingen niet meer met hun ouders hoefde te delen.

'Ik heb drie valentijnskaarten gekregen.' Haar moeder had de tafelstilte doorbroken en staarde uitdagend voor zich uit. Moeizaam slikte Kira de laatste restjes bloemkool door. Haar vader, die net een stuk vlees naar binnen had willen brengen, verruilde zijn vork voor zijn halflege bierglas en nam uiterst langzaam een slok.

'Allemaal anoniem,' vervolgde haar moeder. Kira begon haar biefstuk in minuscule stukjes te snijden.

'Je hebt ongetwijfeld ideeën over de afzenders.' Vader zette het lege bierglas onnodig hard terug op de tafel. Kira hield haar blik op het bord onder haar neus gericht. Het scherpe mes gleed soepel door het rode vlees.

'Nummer één vond ik onder de ruitenwisser, na het fitnessen. Ik denk van Wim. Tijdens de cardio liet hij me even alleen.'

'O? Had 'ie genoeg van je kont in legging gezien?' mompelde haar vader. Kira hoorde hoe hij zijn stoel naar achteren schoof en zich een weg naar de keuken baande. Het poppen van een fles bier. Het dopje dat rinkelend het aanrecht raakte. De derde tand van de vork was krom.

'Niet zo flauw. Wees blij dat er mannen zijn die je vrouw begeren. Dat moet een fantastische boost voor dat ego van je zijn.'

Achttien stukjes dode koe. Marie werd volgende week achttien. Zouden ze met z'n drieën langsgaan? Kira was vier maanden geleden al begonnen met het verzamelen van cadeaus. Een paar sokken met wasberen, een notitieblok met rozen, een speciale uitgave van Kafka op het strand.

'Als je denkt dat je leven zoveel beter wordt met een personal trainer, waarom waag je 't er dan niet op?' vroeg vader onverschillig. Marie had dit gesprek allang stilgelegd, had waarschijnlijk geschreeuwd dat ze dit soort gesprekken maar onder vier ogen moesten voeren. Kira prikte stukje vijftien aan haar vork.

'De tweede vond ik wat later op de dag, op de deurmat. Niet van jou natuurlijk, want die hanenpoten herken ik na twintig jaar wel. Ibuprofen, gedroogde worst en Warsteiner. Geen: schat, je bent nog altijd de mooiste vrouw van de wereld.' Kira's moeder nam voor het eerst deze avond een slok van de rode wijn. Het zag eruit alsof ze toostte op een vroege overwinning.

SPECULAASJES EN TIJDREIZEN

Ron Leunissen   *verhalen schrijven B*

"Dus de bouwers van de piramides waren geen mensen, maar aliens die onbekende technische middelen meebrachten? Is dat wat je bedoelt?" Frans keek Anja met grote ogen aan.

"Niet helemaal," antwoordde Anja. Ze nam een hapje van haar speculaasje en keek haar verbaasde broer over haar ronde brilletje aan.

Frans zuchtte. *Wat was er met zijn zusje gebeurd? Had hij haar te weinig bezocht? Al die weken binnen zitten vanwege haar gebroken voet. En maar YouTube-filmpjes kijken. Was zij een fabeltjesfuik ingezwommen?*

Anja stak het speculaasje in haar mond en opende het koekjesblik. Ze pakte alle speculaasjes eruit en legde ze in een lange rij voor zich op de tafel. "Nog eens. Van voren af. We weten dat de techniek van de Egyptenaren in de tijd dat de piramides gebouwd werden, onvoldoende geavanceerd was om die grote stenen op elkaar te stapelen."

Frans knikte. *We weten vrij zeker hoe ze die piramides bouwden. Maar ik laat haar nu maar even.*

"Dat geldt ook voor de tempels overal in Midden- en Zuid-Amerika. Zelfs de sterkste kraan van nu kan die stenen niet optillen. Er is dus meer aan de hand."

Frans stak zijn hand op om haar te onderbreken. "Aliens die van een ander sterrenstelsel naar de aarde kwamen, hebben hen geholpen? Maar de afstand van de dichtsbijzijnde bewoonbare planeet tot de aarde is veel te groot. Die aliens zouden er miljoenen jaren over doen om hier te komen."

Anja zweeg even. Frans boog voorover in afwachting van meer. *Gaat ze nu nog door of niet?*

Toen wees zij naar de rij speculaasjes op de tafel.

"Kijk eens naar deze speculaasjes. Stel je voor dat elk

speculaasje één kort moment in de tijd voorstelt. Als ik met mijn vinger langs de speculaasjes ga, dan reis ik door de tijd."

Frans fronste. *Oh, really?* "Dus elk speculaasje bevat ons hele heelal. Maar dan telkens maar voor één moment in de tijd?" Frans ging met zijn wijsvinger van links naar rechts langs de speculaasjes. "En zo reizen we door de tijd?"

"Juist. Voor ons mensen gaat de tijd altijd maar in één richting. Wij kunnen niet terug in de tijd."

Frans knikte bedachtzaam. "Dat snap ik," mompelde hij. *Mijn god, waar gaat dit heen?* Hij zette zich schrap voor wat er nu ging komen.

"Mooi!" zei Anja enthousiast. Ze spreidde haar armen boven de tafel. "Stel nu, dat ik een bijzonder wezen ben, dat zich vrij boven de tijd kan bewegen. Net zoals mijn handen nu kunnen bewegen boven al deze speculaasjes. Ik heb dan toegang tot alle tijdsmomenten binnen het bereik van mijn armen. En, ik kan stukjes van die tijdsmomenten verplaatsen." Ze brak een stukje van het voorste speculaasje af en legde dat tussen de twee achterste speculaasjes.

"Ja, maar. Dat kan toch niet? Je hebt iets veranderd in het verloop van de geschiedenis."

"Hoe zouden wij dat ooit kunnen weten? Het speculaasje dat wij voorbij zijn, zullen we nooit meer zien. Het speculaasje dat nog moet komen, is voor ons nog onbekend."

"Dus zij brachten techniek uit onze verre toekomst naar de Egyptenaren? Maar, dan zouden we die technische apparaten toch moeten terugvinden bij opgravingen?" *Dit moet toch afdoende zijn? Er is nul komma nul bewijs!*

Anja pakte het afgebroken stukje speculaas op, stopte het in haar mond en schoof de speculaasjes weer tegen elkaar. "En wat als zij die techniek weer hadden weggepakt? En dat wij daarom alleen maar de onbegrijpelijke resultaten van die techniek terugvinden? Stonehenge in Engeland, Machu Picchu in Peru, de piramides van Egypte."

"Oh My God," fluisterde Frans wanhopig. *Ze is helemaal koekoek geworden! Hoe moet ik dit mama en papa vertellen?*

"Maar misschien klets ik ook wel gewoon uit m'n nek," zei Anja. Ze lachte hard en doopte een nieuw speculaasje in haar thee.

Matt Bintner

SOFIYA

Ineke Hendriks   *kinderboeken schrijven*

Het regent kleine druppels, de hele dag al. Sofiya loopt
samen met haar moeder en broertje onder een grote paraplu,
ze zijn op zoek naar het huis met nummer 2.

Het is stil op straat, er speelt geen kind buiten.

'Dat komt vast door het slechte weer.' denkt Sofiya.

Het huis staat op de hoek, een oud huis, maar het is nog
helemaal gaaf. Mama doet het poortje open en over het pad
lopen ze naar de grote groene voordeur.

Voordat ze aanbellen zwaait de deur al open en een meneer
en mevrouw laten hen binnen in het halletje. De paraplu kan
in een bak en de natte jassen aan de kapstok.

Sofiya helpt haar broertje met zijn jas, hij is net te klein om
bij het haakje te kunnen.

Met haar trui maakt ze haar bril droog. Door een deur met
mooi gekleurd glas komen ze in een gang die extra lang
lijkt doordat er achteraan een grote spiegel hangt. Haar
broertje loopt tussen de meneer en mevrouw in, hij probeert
met woorden en gebaren uit te leggen dat zijn naam Igor
is. Ze ziet zichzelf in de spiegel met haar mooie nieuwe
spijkerbroek en allemaal krulletjes van de regen in haar lange
bruine haar, een beetje verstopt achter haar moeder.

De mevrouw lacht vriendelijk, ze heeft van die rimpeltjes bij
haar ogen en zegt: 'Welcome!'

Tijdens de lange reis heeft Sofiya al heel veel Engelse
woorden geleerd en ze weet dat het 'laskavo prosymo'
betekent in het Oekraïens.

De vrouw wijst met twee handen naar zichzelf en zegt: 'Ik
heet Ingrid,' ze knikt naar de man 'dit is Klaas.'

In de kamer is het lekker warm. Igor loopt gelijk naar de
vensterbank om de grote poes met grijze streepjes te aaien.
Sofiya gaat naast haar moeder op de bank zitten, ze zakt

helemaal weg tussen de kussens. Haar oog valt op een grote
kast, die reikt van de vloer tot het plafond en staat helemaal
vol met boeken. Aan de kleuren en plaatjes op de ruggen
ziet ze dat er op de onderste schappen ook kinderboeken
staan. Wat wil ze die graag lezen!
 'Ik ga die taal vast heel snel leren,' zegt ze zachtjes 'mijn
papa en mama hebben mij niet voor niets Sofiya genoemd!
Dat betekent wijsheid.'

ILLUSTRATORS